www.tredition.de

AF176982

Die Schülerin Julia Priedigkeit wurde am 12.06.2000 in Wipperfürth geboren und lebt mit ihrer Familie in Radevormwald. Sie besucht dort das Theodor-Heuss-Gymnasium, wo sie in einem besonderen Förderprojekt ihr Interesse und ihr Talent zum Schreiben entdeckte.

„Ein Geschenk aus Frankreich" ist ihr erstes Kinder- und Jugendbuch, an dessen Fortsetzungsband sie zurzeit arbeitet.

„Der gesunde Menschenverstand ist der größte Feind der Phantasie und doch ihr bester Berater."

Marie von Ebner-Eschenbach

Julia Priedigkeit

Ein Geschenk aus Frankreich

Roman

www.tredition.de

© 2013 Julia Priedigkeit

Umschlaggestaltung, Illustration:
Julia und Alexandra Priedigkeit

Lektorat, Korrektorat:
Thorsten Krause, Gunnar Schubert und
Stefanie Gecks

Verlag: tredition GmbH, Hamburg
ISBN: 978-3-8495-4450-8
Printed in Germany

Inhalt

1. Kapitel

Das Geschenk

„Hey, du Blödmann! Bleib stehen!", riefen Magnus und seine Bande. So nannten sie sich jedenfalls. Hannes schreckte hoch und lief so schnell er konnte um die nächste Ecke. Er versteckte sich hinter einer Mülltonne. Hätte er sich nicht versteckt, dann hätten sie ihm sein Schulgeld abgenommen und wären weggelaufen, denn sie wussten, dass er nicht so schnell laufen konnte.

„Wo ist er?", fragte Magnus. Sie rannten geradewegs an ihm vorbei.

Hannes ist ein zehnjähriger Junge. Er wohnt mit seinen Eltern in Düsseldorf in einer Reihenhaussiedlung und er hat eine außergewöhnliche Oma. Sie hat lilafarbene Haare, reist andauernd um die Welt und lebt die meiste Zeit in Frankreich. Aber sie schickt Hannes immer Souvenirs. Letztes Jahr schickte sie ihm aus Russland ein Bild von Hänsel und Gretel, dem Hexenhaus und der Hexe. Das Bild hatte etwas Seltsames an sich, denn an einem Tag war das Hexenhaus mehr angeknabbert, als an einem anderen Tag. Aber Hannes war sich nicht sicher, deswegen erzählte er niemandem davon. Das hätte ihm doch sowieso keiner geglaubt.

Habe ich schon erwähnt, dass Hannes Schneekugeln sammelt?

Er hat schon ganz viele in seinem Regal neben seinem Aquarium stehen. Die eine hatte er von seinem Onkel Udo aus Grönland bekommen. In ihr befindet sich ein Engel mit einem Stern in der Hand. Auf dem Stern steht: „Ich bin dein Schutzengel."

Nur leider hatte ihn der Engel in der Schneekugel noch nicht sehr oft beschützt. Denn er wurde fast jeden Tag von Magnus und seiner Bande gehänselt. Sie hatten es von Anfang an einfach auf ihn abgesehen. Die anderen Kinder in der Schule haben auch Angst vor Magnus, deswegen sind auch alle doof zu Hannes. Na ja, fast alle.

In der Nachbarschaft wohnt ein Mädchen namens Anna Richter. Er ist auch ein bisschen verliebt in sie. Vielleicht auch mehr als ein bisschen, aber das würde er niemals zugeben. Hannes traut sich aber nicht, sie zu fragen, ob sie nicht einmal zu ihm nach Hause zu Kakao und Plätzchen kommen möchte.

Jetzt machte er sich auf den Heimweg. Als er dort ankam, fragte ihn seine Mutter: „Und, wie war die Schule?"

Hannes log: „Ganz gut."

Seine Mutter erwiderte: „Ich glaube, es ist ein Paket für dich angekommen. Es liegt in der Diele, aber beeil dich. Gleich gibt es Essen!"

„Ist gut, Mama", sagte Hannes, nahm das Paket und lief damit hoch in sein Zimmer.

Dort las er sich die Postkarte durch, die dem Paket beilag.

Hallo Hannes,

in Frankreich ist es wieder einmal sehr schön. Ich sitze gerade in einem Café vor dem Eiffelturm.

Geht es dir auch gut?

Hier ist ein kleines Souvenir für dich.

Pass gut darauf auf! Ich hoffe, es gefällt dir.

In Liebe: <u>Deine Oma Clara</u>

Er öffnete das Paket und sagte: „Wow!" Dann hob er das Geschenk aus dem Styropor und stellte es neben sein Aquarium.

Und wisst ihr, was er geschenkt bekommen hat?

Richtig, eine Schneekugel! Aber nicht irgendeine. In dieser Kugel saß eine bläuliche Nixe. Sie schimmerte so geheimnisvoll, dass Hannes kaum die Augen von ihr abwenden konnte.

„Es gibt Essen!", rief seine Mutter von unten und riss ihn damit aus seiner Trance.

„Komme schon!", rief Hannes zurück und lief hinunter.

2. Kapitel

Viele neue Freunde

Das Essen hatte Hannes zwar gut geschmeckt, doch in Gedanken war er die ganze Zeit bei dem Geschenk seiner Oma. Deswegen rannte er nach dem Essen schnell zurück nach oben in sein Zimmer und wurde plötzlich überrascht.

„Wo bin isch? `ier ist es so eng!", hörte Hannes plötzlich.

„Hallo? Ist hier jemand?", fragte Hannes ängstlich.

„Ja, isch!", meldete sich eine zarte Stimme.

Da hatte sich doch etwas in der Schneekugel bewegt? Er ging näher heran. Tatsächlich, die Nixe redete mit ihm! Hannes
konnte es kaum glauben. Er testete, ob er
wach war: Er kniff dreimal die Augen zusammen und machte sie langsam wieder
auf. Dann klatschte er sich leicht auf die
Wangen und drehte sich, so schnell er konnte, um sich selbst.

„Jetzt ist mir schwindelig", sagte Hannes
benommen.

„Ist das ein Begrüßungsritual?", fragte die
Nixe mit hochgezogenen Augenbrauen.

„Du redest wirklich!", staunte Hannes.

„Was sollte isch denn sonst? Denkst du,
isch bin eine stumme Puppe?", protestierte
die Nixe.

„Aber du bist doch in einer Schneekugel",
erwiderte Hannes immer noch überrascht.

„Isch möchte `ier auch schnell wieder `eraus! Könntest du vielleischt diese Scheibe kaputtmachen? `ier ist es so eng!"

„Ähm, ja, das könnte ich machen, aber wo soll ich dich denn dann unterbringen?", stotterte Hannes.

„Hmm, … vielleischt in deinem Aquarium?", meinte die Nixe.

Hannes holte einen Nagel und schlug ihn mit einem kleinen Hammer vorsichtig in die Scheibe der Kugel. Bald hatte die Scheibe einen Sprung. Die Nixe wich zurück. Dann riss die Scheibe und zersprang.

Nun war in der Kugel ein etwa fünf Zentimeter großes Loch, durch das die Nixe problemlos hindurchschlüpfen konnte.

Hannes fragte die Nixe erstaunt: „Wie bist du überhaupt in diese Kugel hineingekommen?"

Traurig antwortete diese: „Isch weiß es nischt. Isch kann misch nischt erinnern. Alles, was isch noch weiß, ist, dass isch einen Stromschlag abbekommen ´abe."

„Das ist aber merkwürdig", wunderte sich Hannes. Er stellte die Schneekugel näher an das Aquarium und nahm den Deckel ab. Die Nixe machte einen Satz und tauchte fröhlich ins Aquarium ein.

„Merci beaucoup!", jubelte die Nixe. Aber wie sie so durch die Korallen schwamm, wurde ihr langweilig.

Sie fragte: „´abe isch auch Mitbewohner?"

„Ja klar!", sagte Hannes. „Soll ich sie dir vorstellen?"

„Oui!"

Hannes spricht ein wenig Französisch, da er schon öfter seine Oma nach Frankreich begleiten durfte. Ab seinem siebten Geburtstag hatten ihm seine Eltern erlaubt, von nun an jedes Jahr in den Sommerferien nach Frankreich zu fliegen. Hannes freute sich immer wieder aufs Neue, wenn die Sommerferien anfingen. In ein paar Tagen war es wieder einmal so weit.

Hannes ging um das Aquarium herum und suchte seine Fische. Sein Aquarium war ziemlich groß, weil es sein liebstes Hobby war. Endlich fand er sie auf einer Korallenlichtung.

Er sagte zu der Nixe: „Schwimm in den Korallenwald und biege an der nächsten Möglichkeit rechts ab. Du findest die anderen Fische auf einer Lichtung.“

Die Nixe schwamm so, wie Hannes es ihr erklärt hatte. Dabei kam sie an vielen schönen Gebäuden vorbei, zum Beispiel an einem Schneckenhaus, das an einer Kreuzung stand und worauf mit roter Farbe ein Kreuz gemalt war. Sie schwamm auch an einem Berghang entlang und sah hinter zwei hübsch verzierten Säulen eine Höhle. Sie glaubte, darin funkele etwas Grünliches. Von hier aus konnte sie auch schon ein paar Korallenwipfel erkennen. Doch vor dem Korallenwald sah sie ein wunderschönes Porzellanschloss, auf dem stand: „Zur Koralle".

Sie schwamm weiter und kam endlich auf die besagte Lichtung.

Hier sah sie fünf Fische beim Picknicken. Zumindest sah es so aus, denn sie „saßen" auf einem Wasserpflanzenblatt und holten aus einem geflochtenen Seetangkorb jede Menge Naschereien.

„`allo!", sagte die Nixe ein wenig schüchtern.

Die Fische hörten sie aber nicht, denn sie unterhielten sich ziemlich laut.

„Bonjour!", rief sie etwas lauter.

Jetzt schauten sich alle nach ihr um.

„Wer bist du denn?", fragte eine Qualle.

Von oben sprach nun Hannes, bevor die Nixe etwas antworten konnte: „Viola, das ist … ähm .... Wie heißt du eigentlich?", wandte er sich wieder an die Nixe.

„Nadelle. N-A-D-E-doppel-L-E.", sagte die Nixe.

„O.k., Nadelle. Das Seepferdchen heißt Gustav. Es arbeitet als Krankentransporter. Es bringt dich dann zu…".

„Gestatten: Dr. Hans-Peter, Oberarzt im örtlichen Krankenhaus. Allerdings bin ich auch dort der einzige Arzt".

Hannes nickte als höfliche Geste.

„Du hast sicherlich auf dem Weg hierher eine Höhle gesehen. Das ist das Museum und der Museumsleiter ist der freundliche Seeigel Siegfried. Er ist viel in der Weltgeschichte herum geschwommen, denn er war ein Forscherfisch, aber jetzt ist er in Rente.

Dann haben wir natürlich noch unsere liebreizende Putzergarnele Agneta.

Viola, die Qualle, hast du ja schon kennen gelernt."

Agneta sagte: „Komm, ich zeige dir deine Unterkunft."

„Wo wohn' isch denn?", fragte Nadelle.

„Was würdest du von einem Zimmer in einem kleinen Schloss halten?", grinste Agneta.

„Wohn' isch etwa in dem `otel?", staunte sie.

„Würdest du denn dort gerne wohnen?",
lächelte Agneta.

„Oui!!!", rief Nadelle glücklich.

3. Kapitel

Ein neues Zuhause

Agneta, Viola und Nadelle schwammen zurück durch den Korallenwald. Die Türme des Schlosses sah man schon von weitem. Sie überragten jeden Korallenwipfel. Nadelle konnte es kaum erwarten.

„Wie es wohl dort aussieht?", fragte sie sich laut. Und als sie so nachdachte, merkte sie gar nicht, dass sie schon vor dem Schloss standen. Nadelle wollte gleich herein schwimmen, aber Agneta sagte streng: „Flosse abputzen!"

Nadelle putzte sich also zuerst die Flosse ab und schwamm dann hinein. Sie kam in eine große, helle Eingangshalle. An der Decke hing ein Muschelkronleuchter. Nach oben führte eine Treppe mit einem schön verzierten Geländer. Sie schwammen jedoch nach links durch eine große Porzellantür.

„So, hier ist der Essbereich", sagte Viola. In diesem Raum stand ein langer Tisch und über ihm baumelte fröhlich ein Kronleuchter aus Korallen. Von hier aus führte eine Treppe nach unten, die sie hinuntergingen.

„Hier ist die Küche", sagte Agneta. Die Küche war ganz weiß. Über dem Waschbecken befand sich ein großes Fenster.

Nun schwammen sie zurück zur Eingangshalle. Im angrenzenden Raum stand ein großes, weiches, grünes Sofa mit Rosenmustern darauf. Gegenüber befand sich ein Kamin.

„Viola, zeig' unserem Gast doch schon einmal sein Zimmer", schlug Agneta vor. Viola begleitete Nadelle die Treppe in der

Eingangshalle hinauf. Hier führte ein Flur zu mehreren Zimmern. Auf den weißen Türen waren schwarze Nummern gezeichnet. Vor einer Tür blieb Viola stehen, dem Zimmer Nummer drei.

„Das ist dein Zimmer."

Sie nahm einen Schlüssel und schloss die Tür auf. In Nadelles Zimmer stand ein in hellen Farben schillerndes Muschelbett. Gegenüber war eine Korallenkommode platziert.

In einem kleinen Raum nebenan war das Bad. In der Badewanne schwamm eine kleine Gummiente herum.

„´ier ist alles so ´ell und sauber", wunderte sich Nadelle.

„Nun ja … also … Agneta ist ja eine Putzergarnele und … sie hat einen Putzfimmel", flüsterte Viola zögerlich.

„Das habe ich gehört!", rief Agneta von unten hinauf. „Frühstück gibt es um neun Uhr, Mittagessen um dreizehn Uhr und Abendessen um achtzehn Uhr." Es folgte noch ergänzend: „Hände waschen nicht vergessen!"

„Agneta und ich haben die Zimmer eins und zwei, falls einmal etwas sein sollte", sagte Viola lächelnd.

„Ich lasse dich dann mal alleine, damit du dir dein Zimmer in Ruhe ansehen kannst."

„Danke, das ist sehr freundlisch von eusch", erwiderte Nadelle.

4. Kapitel

Das Museum

Nadelle schaute sich noch ein wenig in ihrem Zimmer um, dann ging sie hinunter zu Agneta in die Küche.

„Agneta? ´abe isch noch etwas Zeit, um mir das Aquarium anzuschauen, bis wir zu Mittag essen?", fragte sie.

„Wir haben jetzt gleich zwölf Uhr. Hmm…, o.k., aber wehe, du kommst zu spät zum Mittagessen!", drohte Agneta ein wenig. Nadelle ging vor die Tür. Sie wusste nicht, ob sie durch den Korallenwald schwimmen oder den Weg, den sie gekommen war, nehmen sollte.

Sie entschied sich für den Letzteren, denn da war sie an so vielen interessanten Gebäuden vorbeigekommen und vermutlich würde sie sich ansonsten sogar verschwimmen, denn sie kannte sich hier noch nicht aus.

Sie schwamm als erstes an der Höhle vorbei, in der das Museum untergebracht war. Neben der Höhle wurde sie freundlich vom Seeigel Siegfried begrüßt.

Er fragte: „Soll ich dir vielleicht das Museum zeigen?"

„Ja, gerne", bat Nadelle aufgeregt.

Sie schwammen also hinein. An der Wand hing eine Münze.

„Was ist das denn?", fragte Nadelle.

Siegfried antwortete stolz: „Das ist einer meiner wertvollsten Gegenstände in diesem Museum. Es ist eine Siegesmünze. Ich habe sie bei einem Wettkampf gewonnen. Wusstest du eigentlich, dass ich bei dem Seeigelmarathon 1995 teilgenommen und sogar gewonnen habe? Wir sind durch den ganzen atlantischen Ozean gerollt. Na ja, ich habe ein wenig geschummelt.

Die anderen mussten in Schottland starten. Ich bin aber südlich von Spanien gestartet. Das Ziel lag in Südafrika. Bei so vielen Seeigeln verlieren selbst die Schiedsrichterfische den Überblick. Mein Zwillingsbruder Siegmund ist in Schottland gestartet und als ich ihn kommen sah, ist er heimlich zurück Richtung Nordsee gerollt und ich weiter nach Südafrika. Diese Münze war der Preis. Dort steht auch eine „Eins" für Erster drauf. Mit dieser Münze können sich Menschen, wie ich hörte, viel kaufen. Der Zweite und der Fünfte haben auch so eine ähnliche Münze bekommen, nur mit einer „Zwei" und einer

„Fünf" darauf. Ich hörte, bei den Menschen heißen sie „Cent."

Nadelle sah Siegfried fragend an und zog die Augenbrauen zusammen.

„Das war bestimmt sehr anstrengend", sagte sie schließlich.

„Nun ja, früher war ich sehr gut trainiert. Als junger Forscher ist man viel unterwegs, aber ich war zu der Zeit des Wettbewerbs nicht mehr der Jüngste, deswegen habe ich auch ein bisschen geschummelt", gab Siegfried zu.

„Das kann isch verste'en", erwiderte Nadelle bemitleidend, "wobei es schon ein wenig ungerescht ist", meinte sie.

"Nun ja, als nicht mehr so jungem Forscher kommen einem schon mal solche Ideen", verteidigte sich Siegfried. Um nicht länger mit Nadelle diskutieren zu müssen, lenkte er vom Thema ab und sagte stolz:

„Mein wertvollster Schatz ist jedoch ein grün leuchtender Stein. Ich habe ihn in einer Unterwasserhöhle gefunden. Er ist wirklich schön. Er wird auch als „Smaragd" bezeichnet".

Sie gingen durch eine große Steintür. Nadelle fragte: „Warum ist die Tür so schwer?"

„Bei den Menschen ist so ein Stein sehr wertvoll. Er ist bestimmt Hunderte von Siegesmünzen wert, deswegen schütze ich ihn mit dieser schweren Tür. Manchmal, wenn nur wenig im Museum los ist, lasse ich sie einen Spalt auf", sagte Siegfried.

„Isch glaube, isch ´abe sein Leuchten von außen schon einmal gese´en", überlegte Nadelle.

Sie gingen in einen kleinen dunklen Raum, der nur ein wenig erleuchtet wurde, weil der Stein so hell schien. Aus dem Raum führten lange Kabel durch kleine Löcher in der Wand. Diese Kabel bemerkte auch Nadelle, deshalb fragte sie: „Wozu sind diese Löscher?"

Siegfried antwortete: „Alle Energie, die von diesem Stein ausgeht, leiten wir durch die Kabel in das Hotel oder ins Krankenhaus, damit es dort nicht dunkel ist. Weißt du, es hat auch etwas mit Elektrizität zu tun, aber das werde ich dir ein anderes Mal erklären."

Siegfried zeigte Nadelle noch ein paar andere Kostbarkeiten, die aber für diese Geschichte kaum der Rede wert sind. Dann verabschiedeten sie sich voneinander.

Nadelle schaute auf die Uhr: „Oh nein, wir ´aben schon nach dreizehn Uhr!" Sie sprintete die Straße entlang und stieß die Tür mit einem lauten Knall auf.

Agneta schimpfte augenblicklich los: „Du bist zu spät! Zur Strafe darfst du den Tisch abwischen und das Geschirr abspülen. Ich war so nett und ließ dir etwas von meinem Seetanggratin nach oben bringen. Morgen sind Dr. Hans-Peter und Siegfried zum Frühstück hier eingeladen."

Wütend räumte Nadelle die Teller und Gläser ab. Warum war Agneta nur so streng zu ihr?

Erst jetzt bemerkte sie, dass sie ihr Zuhause in der Seine sehr vermisste. Sie spülte noch schnell alles ab und ging dann nach oben in ihr Zimmer, bevor noch jemand bemerkte, dass sie in Tränen ausbrach. Auf ihrem Bett aß sie das Seetanggratin und schlief dann mit vollem Bauch ein.

5. Kapitel

Ein seltener Fund

„Das wird eine ganz große Sache, Siegfried! Du wirst noch zum berühmtesten Seeigel im ganzen Ozean. Du musst nur den Smaragd Fura in den Unterwassergrotten in Kolumbien finden. Das wird ein Leichtes für dich werden, glaub mir. Außerdem wird dir auch jemand dabei helfen."

Ich erinnerte mich noch genau an die Worte meines letzten Auftraggebers in Brasilien, als ich mich plötzlich in einem sich drehenden Kescher wieder fand. Dieser gehörte zu dem französischen Meeresforschungsschiff „Calypso", von dessen Besatzung ich eingefangen worden war.

Noch dazu hatte mein Auftraggeber mir einen Neuling als Verstärkung für die Suche geschickt. Einen Neuling! Rufus, nannte er sich.

Wir waren an der Küste Kolumbiens entlang geschwommen und hatten die besagte Höhle gesucht. Rufus hielt die Karte in den Flossen, da ich nun einmal aus Stacheln bestehe. Er bestand darauf diese Karte mitzunehmen. „Für Notfälle", meinte er. Ich, als Profi, hätte natürlich überhaupt keine Karte gebraucht, ich hatte niemals eine Karte auf meinen Missionen dabei. Zu diesem Zeitpunkt ahnte ich allerdings auch noch nicht, dass ich ihm noch dankbar dafür sein würde...

Wir hatten die besagte Höhle also endlich gefunden. Ich bewunderte gerade die kunstvoll verzierten Wände am Höhleneingang, die aus der Zeit der Maya zu stammen schienen und mit ihren Göttern verziert waren. Das Auge für die kleinen Dinge habe ich von meiner Mutter geerbt. Also, wie gesagt, wollte ich Rufus gerade darauf aufmerksam machen und ihn an meiner endlosen Weisheit teilhaben lassen, als mir auffiel, dass er bereits das Innere der Höhle erforschte. Typisch Anfänger! Ich wollte ihn warnen, dass es sich womöglich um ein altes Grab handle und er wahrscheinlich versteckte Fallen auslösen könnte. Denn Völker, wie die Maya, haben oftmals Fallen in ihre Gräber und Tempel eingebaut, um sie vor Grabräubern zu schützen.

Bevor ich ihn warnen konnte, trat der Trampel auch schon auf einen Stein, in den eine Sonne eingeritzt war. Jedem erfahrenen Forscher wäre dieser Stein direkt ins

Auge gesprungen, nur diesem nicht. Aber, wie gesagt, er war ja noch ein Anfänger.

Gerade, als sich ein großer Felsbrocken von der Höhlendecke löste, schaffte ich es noch rechtzeitig auf Rufus zuzurollen und ihn mit mir in die Höhle zu reißen. Leider waren wir so auch in der Höhle eingeschlossen, denn der Felsbrocken versperrte uns nun den Eingang. So blieb uns nichts anderes übrig, als einen zweiten Ausgang zu finden. In diesem Moment war ich froh, dass Rufus eine Karte mitgenommen hatte. Durch ein paar Ritzen des versperrten Eingangs fiel ein wenig Licht, sodass wir auf der Karte einen Pfad durch die Höhle erkennen konnten. Wir machten uns also auf den Weg. Als wir schon lange durch die Höhle irrten, sahen wir plötzlich einen Lichtschein.

Diesem folgten wir und fanden schon bald den Ausgang.

Das dachten wir zumindest.

Als ich voller Übermut, diesen habe ich übrigens von meinem Vater geerbt, auf den Ausgang zurollte, fiel mir auf, dass das Licht von einem kleinen grünen Stein ausging. Wir befanden uns nicht am Ausgang, sondern in einer weiteren Höhle, in der der Smaragd untergebracht war. Das nennt man dann wohl Glück im Unglück, denn wegen diesem Stein waren wir überhaupt erst hierher gekommen.

Da ich nicht so schnell abbremsen konnte, überrollte ich voller Schwung den Smaragd, der sich in meinen Stacheln verfing. Dabei stieß ich gegen die Höhlenwand, wobei mir ein paar Stacheln abknickten. Der Stein klemmte aber nach wie vor zwischen ihnen.

Im Schein des leuchtenden Smaragds schauten wir uns die Karte noch einmal genau an und stellten fest, dass wir eine Abzweigung zu früh abgebogen waren. Daher machten wir uns auf den Weg zurück und fanden schließlich auch den richtigen Pfad zum Ausgang.

Da es nun bergab ging, rollte ich unaufhaltsam mitsamt dem Stein immer schneller auf den Ausgang zu und schoss hindurch.

Gerade, als ich jubeln und Rufus dazu auffordern wollte, sich zu beeilen, wurde ich von etwas ergriffen und durch das Wasser gewirbelt.

Kurz darauf wurde ich an die Wasseroberfläche gezogen. Ich befand mich also in jenem Kescher.

Während sich in meinem Kopf die Gedanken überschlugen, setzte mich eine Menschenhand in einen mit Wasser gefüllten Behälter. Wie sich später herausstellte, befand ich mich nun auf einem Forschungsschiff namens „Calypso", das auf dem

Rückweg nach Frankreich war. Mit mir befanden sich noch andere Meerestiere in verschiedenen Behältern. Ich erkannte darin unter anderem Krebse, Quallen, Seesterne, Putzerfische, Korallen und sogar auch noch weitere Seeigel. Doch keine ihrer Stacheln kam mir bekannt vor. Da niemand von uns näher untersucht wurde, nahm ich an, dass dies erst an unserem Zielort geschehen würde.

Wir waren einige Tage unterwegs und das Schiff schwankte nun bedenklich. Plötzlich ertönte eine Sirene und ich hörte viele Menschenstimmen durcheinander schreien. Dann gab es einen Ruck und das Schiff drehte sich auf die Seite. Langsam füllte sich der Raum bis zur Decke mit Wasser. Alle Meerestiere, die sich bis dahin in den Behältern befanden, schwammen durch die offene Türe hinaus, zurück ins Meer.

Durch diese Strapazen war ich mit meinen Kräften am Ende. Ich ließ mich auf den Grund sinken und von der Meeresströmung mitziehen. Doch irgendwann wurde ich an einen Strand gespült. Ich befürchtete schon, dass dies mein Ende wäre. Einige Zeit lag ich einfach nur in der Sonne und sah die Möwen schon über mir kreisen. Da beugte sich plötzlich ein Junge zu mir herunter. An seiner Seite stand eine ältere Dame mit lila gefärbtem Haar…

Heute sitze ich oft in meinem Museum und denke mit einem Lächeln an diese Zeit zurück.

Von Rufus habe ich seitdem nie wieder etwas gehört. Ich hoffe, er ist mit heilen Schuppen davongekommen.

6. Kapitel

Ein schöner Besuch

Hannes hatte inzwischen seiner Mutter beim Einkaufen geholfen. Er war immer noch glücklich, dass sie heute Zeugnisse bekommen und deshalb nur drei Stunden Schule gehabt hatten. Es klingelte an der Tür.

„Hannes, mach bitte die Tür auf. Ich bin gerade im Keller!", rief seine Mutter. Hannes öffnete die Haustür und ... da stand sie. Eine Strähne ihrer goldbraunen Haare verdeckte eines ihrer meeresblauen Augen. Sie trug ein frühlingsgrünes Sommerkleid und weiße Ballerinas.

Die Mittagssonne schien ihr auf den Kopf und die Blätter raschelten leise im Wind.

Irgendwo zwitscherte ein Vogel. Sie sah aus wie ein Engel.

Hannes' heimliche Liebe, Anna Richter, stand direkt vor ihm.

Er war wie versteinert. Seine Mutter kam gerade die Treppe hinauf und sagte erfreut: „Hallo Anna. Schön, dass du gekommen bist."

Sie erklärte Hannes: „Ich habe Anna zu einem Zoobesuch eingeladen."

Anna erwiderte: „Entschuldigung, ich habe mich etwas verspätet, weil ich gerade noch Ballettunterricht hatte."

Hannes konnte sich Anna sehr gut beim Ballettunterricht vorstellen.

Trotzdem fragte er: „So richtig mit Tutu und Pirouette?"

„Ja", lachte Anna und drehte eine Pirouette. Hannes lächelte nur.

„In zwei Wochen führen meine Gruppe und ich im Theater „Der Schwanensee" auf. Du und deine Familie, ihr könnt ja auch kommen, wenn ihr wollt. Ich würde mich freuen. Dafür habe ich euch auch drei Karten mitgebracht."

Sie reichte Hannes drei rosafarbene Eintrittskarten. Auf der oberen stand in Schnörkelschrift:

VIP-Karte

„_Der Schwanensee_"

Aufführung am

03.08.

Einlass: 19:00 Uhr

Beginn: 19:30 Uhr

Ende: 20:30 Uhr

Reihe 2, Platz 6

Hannes betrachtete die Karten noch einen Augenblick und sagte dann: „Danke für die nette Einladung. Wir werden bestimmt da sein. Wenn du willst, können wir noch hochgehen."

Sie gingen in sein Zimmer.

„Schön hast du es hier", sagte Anna begeistert.

„Ich kann dir meine Schneekugelsammlung zeigen", bot Hannes stolz an, aber Anna war schon längst dabei, sie zu bestaunen. Sie deutete mit dem Finger auf die Schneekugel, aus der Nadelle gesprungen war.

„Was ist mit dieser Kugel passiert?", fragte sie entsetzt.

„Ein ... äh, ... ein Nagel ist mir aus der Hand gerutscht und ...", versuchte Hannes zu lügen.

Anna zog die Augenbrauen zusammen. „Aus der Hand gerutscht?"

Jetzt wusste Hannes allerdings nicht mehr, was er sagen sollte, also entschied er sich dazu, Anna die Wahrheit zu sagen: „Anna, in der Schneekugel war eine lebendige Nixe. Ich habe sie befreit und jetzt wohnt sie in dem Aquarium. Sie heißt Nadelle und kommt aus Frankreich". Hannes war ganz aufgeregt und zeigte mit zitterndem Finger auf das Aquarium.

Anna lief sofort dorthin und drückte ihre Nase gegen das Glas. Sie konnte jedoch nichts entdecken.

7. Kapitel

Eine neue Freundin

In Nadelles Zimmer hatte es sich verdunkelt, deshalb stand sie auf. Sie ging zum Fenster und sah außen vor der Aquariumsscheibe ein Mädchengesicht. Erschrocken wich sie vom Fenster zurück und schwamm schnell die Treppe hinunter. Sie war neugierig und wollte vor die Tür gehen, um herauszufinden, wem das Mädchengesicht gehörte. Aber sie hatte dabei auch ein wenig Angst.

Schließlich siegte die Neugierde und sie öffnete die Tür.

Sie sah Hannes und winkte ihm zu. Er löste den Deckel vom Aquarium und Nadelle schwamm an die Oberfläche.

„´allo ´annes!", rief sie ihm zu.

„Ich habe eine Idee und geh' schnell meine Trinkflasche holen, damit wir dich transportieren können. Wir fahren gleich in den Zoo", sagte Hannes zu Nadelle.

„Was ist denn ein Zoo?", fragte Nadelle.

„Das ist eine … ja, eine Art Ausstellung von den Tieren, die auf der Erde leben. Oh, ich habe vergessen euch vorzustellen: Anna, das ist Nadelle. Nadelle, das ist Anna."

Schon flitzte er nach unten und holte seine durchsichtige Trinkflasche. Inzwischen war Anna vom Aquarium zurückgewichen und starrte Nadelle mit offenem Mund an. Als Hannes mit der Trinkflasche zurück in sein Zimmer kam, rührte sie sich immer noch nicht.

„Ist Anna versteinert?", fragte Nadelle.

„Nein, das glaube ich nicht", antwortete Hannes. Er hielt die Flasche neben Nadelle, und sie hüpfte hinein.

Anna löste sich aus ihrer Starre und sagte: „Du bist also eine Meerjungfrau…"

„Nixe!", korrigierte Nadelle.

„Wo ist denn da der Unterschied?", wollte Anna wissen.

„Nun ja, Meerjungfrauen leben im Meer und Nixen in Bäschen, Seen und in dem ein oder anderen Teisch", erklärte Nadelle lächelnd.

Hannes stellte seine Trinkflasche mit Nadelle darin vorsichtig in einen Rucksack, ließ den Reißverschluss etwas geöffnet, damit

Nadelle hinausschauen konnte, und lief dann damit nach unten. Anna folgte ihnen.

Sie fuhren mit dem Auto zum Zoo. Nachdem sie den Eingang hinter sich gelassen hatten, kamen sie schon nach kurzer Zeit an vielen Tieren vorbei. Sie sahen Otter, Pinguine, Eisbären, Giraffen, Elefanten und Nilpferde. Nadelle war ganz interessiert an den Pinguinen, weil sie zwar Flügel hatten, doch damit nicht fliegen konnten. Sie war ziemlich aufgeregt und auch neugierig, welche Tiere sie heute noch alle zu sehen bekommen würde.

Hannes' Mutter entschuldigte sich nun, da sie den Souvenirladen kurz aufsuchen wollte. Als die beiden Kinder bei den Krokodilen ankamen, trafen sie auf Magnus und seine Bande.

Nadelle war die ganze Zeit über in

Hannes' Rucksack gewesen.

Magnus sagte: „Seht mal, wen wir hier haben!"

Hannes ließ sich jedoch nicht einschüchtern und versuchte Magnus zu ignorieren. Er fand die Reptilien absolut beeindruckend, sodass ihn noch nicht einmal Magnus davon vertreiben konnte.

Dies gefiel Magnus gar nicht. Er öffnete plötzlich den Rucksack von Hannes, entdeckte die Trinkflasche und nahm diese mit der Nixe darin heraus. Nadelle erschrak und rührte sich nicht. Mal sehen, ob die Krokodile Hannes' Fisch genauso mögen wie Hannes", lachte Magnus.

Er hatte nicht richtig hingesehen, deswegen hielt er Nadelle für einen Fisch.

Schon schüttete er Nadelle aus der Flasche über die Glasabsperrung und sie landete im Krokodilbecken.

Es war alles so schnell geschehen, dass Hannes und Anna nun ungläubig vor der Scheibe zum Krokodilbecken standen und in das Wasser dahinter starrten.

8. Kapitel

Eine nicht so nette Bekanntschaft

Nadelle war vor Angst wie gelähmt, und so sank sie bis auf den Boden des Beckens. Ein Krokodil hatte dies bemerkt und stürzte auf sie zu. Das Reptil streifte sie jedoch nur mit seinen scharfen Zähnen am Arm. Nadelle fing an, um ihr Leben zu schwimmen. Sie schoss an ein paar Schilfpflanzen vorbei in Richtung Glasscheibe. Sie sah, wie ein Mann in Uniform mit Anna redete und dabei die Hände bewegte. Hannes sah sie ängstlich an und schien das Geschehen im Krokodilbecken verfolgt zu haben. Nadelle spürte, wie sich plötzlich der Wasserdruck veränderte und blickte über ihre Schulter. Sie wollte aufschreien, denn das Krokodil war nur noch um Haaresbreite von ihr entfernt. Es kamen aber nur Blubberblasen aus ihrem Mund.

Gerade öffnete das gefährliche Reptil sein Maul, um sie zu verschlingen. Es kamen viele spitze Zähne zum Vorschein. Aber Nadelle entdeckte im letzten Augenblick einen Bambusstock unter ihrer Schwanzflosse und klemmte ihn zwischen die Kiefer des Krokodils, sodass es sein Maul nicht mehr schließen konnte. Nadelle schwamm schnell von ihm weg. Aber jetzt hatte sie die Aufmerksamkeit der anderen Krokodile erregt. Sie kamen alle auf Nadelle zugeschwommen. Voller Panik flüchtete die kleine Nixe, so schnell sie konnte, in eine Felsspalte, während das eine Krokodil immer noch daran arbeitete seine Kiefer zu befreien. Die anderen versuchten währenddessen ihre Schnauzen in die Felsspalte zu zwängen, doch es gelang ihnen nicht an die Nixe heranzukommen. Nadelle würde sich dort so lange verstecken, bis die Reptilien aufgeben oder sie jemand holen würde.

Hannes und Anna hatten schnell einen Zoowärter angesprochen, der sich in der Nähe aufgehalten hatte. Anna fragte ihn mit einem zuckersüßen Lächeln: „Entschuldigung, mir ist meine kleine Puppe ins Krokodilbecken gefallen. Könnten Sie sie vielleicht herausholen?"

„Deine Puppe? Wie kann die nur da hinein gekommen sein? Na ja, da hast du aber Glück, junge Dame. Ich kümmere mich nämlich hier um die Reptilien. Wie sieht sie denn aus?", fragte der Zoowärter.

Anna antwortete: „Böse Jungs aus meiner Klasse haben sie mir gestohlen und ins Becken geworfen. Sie sieht aus, wie eine Meerjung … ich meine, wie eine Nixe".

„Ich habe gesehen, wie sie die Strömung in diese Felsspalte dort hineingetrieben hat", erklärte Hannes dem Zoowärter und zeigte auf ein paar am Beckenboden liegende Felsen.

„Ihr könnt mitkommen, wenn ihr wollt. Ich muss sowieso gleich im Krokodilbecken saubermachen. Vorher lasse ich die Krokodile natürlich in ein anderes Gehege, damit sie uns nicht bei der Arbeit stören oder gefährlich werden", erklärte er den Kindern.

Hannes und Anna freuten sich. Der Zoowärter zeigte ihnen, wo sie sich umziehen konnten, und erklärte noch, wie sie sich bewegen sollten, damit sie nicht auf den glitschigen Algen ausrutschten.

In der Zwischenzeit war Hannes Mutter zum Krokodilgehege zurückgekommen. Der Zoowärter hatte sie bereits um Erlaubnis gefragt, ob die Kinder mit in das Becken hineinkommen dürften. Nach anfänglichem Zweifeln hatte sie schließlich eingewilligt. Als Hannes und Anna sich, wie der Zoowärter, in Fischerhosen befanden, gingen sie die kleine Leiter am Rand des flachen Beckens hinunter. Sie wateten um die Schilfpflanzen herum zu den Felsen. Magnus und seine Bande standen außen vor der Scheibe und guckten zuerst ein wenig neidisch. Dann gingen sie schlecht gelaunt weg.

Als Hannes, Anna und der Zoowärter an der kleinen Felsgruppe ankamen, zog Anna Nadelle aus der Felsspalte heraus. Nadelle wollte sich gerade bewegen, aber da sah sie den Zoowärter und hielt inne. Hannes holte die Trinkflasche aus seinem Rucksack, füllte sie mit dem Wasser aus dem Krokodilbecken und Anna ließ Nadelle hineingleiten.

Darüber wunderte sich der Zoowärter und sah die Kinder erstaunt an. Anna bemerkte dies und erklärte: „Das ist eine besondere Puppe. Die darf nicht austrocknen". Sie lächelte den Zoowärter an und verstaute die Flasche wieder in Hannes Rucksack.

Der Wärter zuckte mit den Schultern und wunderte sich über das neumodische Spielzeug heutzutage. Anschließend säuberten sie noch zusammen das Becken, kletterten dann aber wieder die Leiter hinauf.

Nachdem sie sich umgezogen hatten, verabschiedeten sie sich von dem Zoowärter. Sie dankten ihm für alles und versprachen, bald wieder vorbeizuschauen.

Als sie alleine mit Nadelle waren, sagte diese: „Isch ′asse Krokodile!". Dann gingen sie zurück zu Hannes' Mutter und erkundeten den restlichen Zoo.

9. Kapitel

Im Krankenhaus

Nachdem sie wieder zu Hause angekommen waren, brachte Hannes Nadelle ins Aquarium zurück. Anna hatte sich für den schönen Tag bedankt und war nach Hause gegangen. Hannes' Vater würde auch bald nach Hause kommen. Dann würde die Nachtschicht seiner Mutter beginnen, denn sie arbeitet als Krankenschwester im Krankenhaus. Hannes plante mit seinem Vater den „Tatort" im Fernsehen anzuschauen.

Seine Eltern haben sich nämlich die Arbeit so eingeteilt, dass immer jemand zu Hause bei Hannes ist. Sein Vater arbeitet tagsüber als Ingenieur und Hannes' Mutter fünfzehn

Nächte im Monat im Krankenhaus als Krankenschwester.

Nadelle wollte eigentlich auch fernsehen, aber Agneta rief sofort Gustav an, als sie Nadelles Verletzung durch dem Krokodilzahn sah.

„Aber das ist doch nur eine kleine Schramme", versuchte sich Nadelle zu wehren, doch Agneta meinte: „Nachher machst du mir noch Blutflecken auf den Teppich und so etwas bekommt man nicht so einfach wieder heraus. Außerdem kann sich so eine Wunde auch entzünden."

Dann stand das Seepferdchen Gustav auch schon in der Tür. Er packte sich Nadelle unter die Flosse und ehe sie sich versah, waren sie in Windeseile, soweit man das von einem Seepferdchen erwarten kann, zum Krankenhaus galoppiert. Dr. Hans-Peter

Doktorfisch begrüßte sie freundlich und fragte sie dann: „Was fehlt dir denn?"

„Mir fehlt nischts!", betonte Nadelle.

„Ah, ich sehe schon ... eine Schramme. Das haben wir gleich", erklärte er, ohne auf Nadelles Antwort zu hören. Schon verschwand er in einem der anderen Zimmer. Nach einer Weile kam er mit einem Verband zurück und wollte ihn gerade um ihren Arm wickeln, da sagte die Nixe: „Mir fehlt nischts! Wirklisch!"

Er erwiderte streng: „Ich habe meine Doktorarbeit über Schrammen geschrieben und jetzt lasse ich mir von einer Meerjungfrau nicht sagen, was zu tun ist, wie? Die Meisten denken, man müsse nur ein Pflaster darauf kleben, aber in Wahrheit muss die Wunde schön luftdicht verschlossen werden!"

Ihr müsst wissen, Hans-Peter ist leicht reizbar und auch nicht mehr der Jüngste.

Und weil Nadelle nicht wollte, dass er sich noch mehr aufregt, ließ sie sich den Verband umwickeln. Als er fertig war, saß der Verband so eng, dass kaum noch Blut durch ihren Arm floss. Nadelle ließ sich aber nichts anmerken.

Glaubt bitte nicht, was Hans-Peter gesagt hat. Wenn ihr eine Schramme habt, klebt ein Pflaster darauf oder lasst es an der Luft heilen.

„Bei der Gelegenheit kann ich dir ja auch noch das Krankenhaus zeigen!", sagte Hans-Peter erfreut. Sie gingen also den Flur entlang. Dabei zeigte er ihr ein Patientenzimmer. Es war hell und die Gardinen bestanden aus Seetang, die Betten aus Muschelschalen in verschiedenen Farben und die Matratzen waren Luffaschwämme*.

Dann zeigte er ihr noch den Aufenthaltsraum. Er sah so ähnlich aus wie das Wohnzimmer im Hotel, nur dass dieser Raum hauptsächlich in Brauntönen gehalten war. Schließlich verabschiedeten sie sich voneinander und Gustav brachte die Nixe zurück ins Hotel.

*Luffaschwamm: Schwammkürbis, dessen Fasern als Schwämme benutzt werden können.

10. Kapitel

Auf in die Sommerferien

Nachdem Nadelle wieder im Hotel „Zur Koralle" angekommen war, riss sie sich als erstes den Verband vom Arm. Sofort floss wieder Blut durch ihren Arm hindurch. Er kribbelte und war ganz taub. Sie wollte sich jetzt nur noch ausruhen, also legte sie sich in ihr Bett und schlief ein.

Am nächsten Morgen wurde sie von Geräuschen aus der Küche geweckt. Sie ging hinunter. Dort sah sie Viola, Agneta, Siegfried und Hans-Peter um einen gedeckten Frühstückstisch sitzen.

„Das `atte isch ja total vergessen", ärgerte sich Nadelle.

Hans-Peter biss in ein Seetanggeleebrötchen und sah zu Nadelle hinüber. Dabei fiel ihm gar nicht auf, dass Nadelle den Verband nicht mehr trug. Jedenfalls sagte er dazu nichts.

„Guten Morgen!", riefen alle gut gelaunt.

„Bonjour", murmelte Nadelle.

Eigentlich hatte sie damit gerechnet, dass Agneta sie vorwurfsvoll anschauen würde, weil sie den Besuch vergessen hatte. Aber auch Agneta war zur Abwechslung gut gelaunt.

„Ich glaube, Hannes wollte gleich noch mit dir sprechen", sagte Siegfried.

Nadelle guckte erst ein wenig verdutzt, nickte dann aber. Während sie aß, dachte sie darüber nach, was Hannes mit ihr zu besprechen haben könnte.

Nach dem Frühstück schwamm sie an die Oberfläche.

„Das kommt jetzt ein bisschen plötzlich", erklärte ihr Hannes, „aber wir fahren morgen nach Frankreich. Ich habe Anna gefragt, ob sie mitkommen will und sie hat „Ja" gesagt. Ich fände es schön, wenn du auch mitkommen würdest."

Ihr müsst wissen, die Fische waren nicht deswegen so fröhlich, weil Nadelle sie bald verlassen würde. Sie waren es, weil Nadelle die Möglichkeit hatte, ihre Familie wieder zu sehen. Sie dachten, Nadelle würde sich zwar im Aquarium wohlfühlen, doch auf Dauer wäre sie ohne ihre Familie in Frankreich sicherlich sehr unglücklich.

„Kann isch dann auch meine Familie besuchen?", fragte Nadelle.

„Ich hatte eigentlich geplant, dass du dort bei deiner Familie bleiben könntest. Verstehe mich bitte nicht falsch, ich hätte dich auch gerne hier bei mir behalten, aber dir fehlt deine Familie doch sicherlich, oder?", fragte Hannes.

Nadelle war traurig und fröhlich zugleich.

„Wir drei werden morgen mit dem Flugzeug nach Paris fliegen. Es wird dann eine Flugbegleitung von der Fluggesellschaft während des Fluges auf uns aufpassen. Ich bin schon ein paar Mal nach Frankreich geflogen. Das ist immer ganz lustig." Während Hannes das sagte, wurde Nadelle ganz grün im Gesicht.

„Wir fliegen also?", wollte Nadelle wenig begeistert wissen.

„Ja, das ist gar nicht schlimm. Du hast doch nicht etwa Angst, oder?", fragte Hannes.

„Nein, isch doch nischt. Isch bin eine Prinzessin. Prinzessinnen kennen keine Angst!", empörte sich Nadelle. Aber dann dachte sie laut: „Vielleischt fällt mir die Flosse ab, oder isch bekomme die Luftkrankheit, dann kann isch nur noch über Wasser mit Lungen atmen."

„Ach, Anna und ich sind doch bei dir, und du bist in einer sicheren Box untergebracht", sagte Hannes, um Nadelle ein bisschen Mut zu machen.

„Kann isch meinem Vater und meiner Schwester ein Geschenk mitbringen?", fragte Nadelle.

„Sicher doch. Hmm … lass' mich mal überlegen. Für deinen Vater hätte ich diese Uhr." Hannes holte eine kleine Taschenuhr aus seiner Schreibtischschublade. „Die ist sogar wasserdicht bis 50 Meter und für deine Schwester habe ich diesen Fischanhänger", bot er an.

„Merci!", jubelte Nadelle glücklich.

11. Kapitel

Abschied

„**A**ufstehen, Schlafmütze!", weckte Agneta Nadelle freundlich, „Sonst verpasst du noch deinen Flieger!"

Dabei übergab sie Nadelle ihren Lieblings-staubwedel.

„Den will ich dir schenken, als Andenken, damit du die Zeit hier und auch mich nicht vergisst."

Mit diesen Worten verließ Agneta schnell wieder das Zimmer, denn sie hatte Tränen in den Augen, wollte aber nicht, dass Nadelle dies mitbekam.

Nadelle schleppte sich nach unten. Sie hatte immer wieder von einem Absturz geträumt, deswegen war sie jetzt sehr müde.

„Hier ist dein Koffer", sagte Agneta. Jetzt umarmte sie Nadelle und fing an zu weinen. Vor der Tür standen die anderen. Hans-Peter gab ihr einen Koffer, auf dem stand:

„Erste Hilfe"

„Da sind Salben, Pflaster, Verbände, Reisetabletten und Vitaminpillen mit Algengeschmack drin", erklärte Hans-Peter.

Siegfried gab ihr einen Rucksack, der einen aus Seegras geflochtenen Fallschirm enthielt.

„Früher hat er mich oft gerettet. Du musst nur an der Schnur ziehen", sagte er tapfer, aber auch sehr traurig. Gustav gab ihr seine Lieblingsfischgräte.

„Was ist das?", fragte Nadelle erstaunt, aber dann streichelte sie ihm über den Pferdekopf.

„Das ist sein Glücksbringer", sagte Viola. Sie drückte Nadelle eine Schachtel mit Planktonmuffins in die Hand. „Die habe ich heute morgen noch schnell gebacken", erklärte sie. Hans-Peter flüsterte Nadelle ins Ohr, bevor sie nach einem Muffin greifen konnte: „Pass auf, die sind hart wie Stein. Beiß dir keinen Zahn daran aus!"

Nachdem die Nixe schwer bepackt mit Koffern jeden Aquariumsmitbewohner verabschiedet hatte, schwamm sie mit Tränen in den Augen zu Hannes, denn sie würden sich ja vielleicht nie wieder sehen und alle hatten ihr versichert, dass Nadelle ihnen sehr fehlen würde. „Du schleppst aber viele

Koffer mit. Aber die sollten auch noch hier hinein passen", sagte er und hob einen kleinen Koffer hoch, der normalerweise als Kulturtasche benutzt wurde.

„Was hast du denn alles dabei?"

Nadelle zählte ihm auf, was sie von seinen Fischen geschenkt bekommen hatte.

„Da haben sich die Fünf aber richtig Mühe gegeben", lobte Hannes seine Aquariumsbewohner und sagte förmlich: „Nach Ihnen, Madame."

Nadelle hüpfte in die mit Wasser gefüllte Box. „Keine Angst, die Box ist wasserdicht. Das habe ich schon ausprobiert", grinste Hannes.

12. Kapitel

Am Flughafen

Nachdem sie Anna abgeholt hatten, fuhr Hannes' Mutter die Kinder zum Flughafen. Dort angekommen, verabschiedeten sie sich von seiner Mutter und gingen dann zum Check-in. Sie zeigten ihre Personalausweise einer Dame an einem Schalter vor, bekamen ihre Tickets und ihre Bordkarten. Dann wurde das Gepäck von der Frau am Schalter abgewogen und anschließend legte sie es auf ein Laufband, von wo aus es abtransportiert wurde.

Jetzt ging es zur Personenkontrolle. Dort mussten sie durch einen Personenscanner, der wie ein Türrahmen aussah und der ein

Signal geben sollte, wenn jemand einen Metallgegenstand bei sich trug.

Währenddessen wurde auch das Handgepäck mit der Box kontrolliert. Als es durch die Röntgenmaschine lief, sah das Sicherheitspersonal auf einem Bildschirm etwas, das so aussah wie ein Fischskelett. Das war natürlich Nadelles Körper. Nadelle schlief in dem Behälter, weil ihr vor Müdigkeit schon während der Fahrt zum Flughafen die Augen zugefallen waren.

„Hast du etwa einen Fisch in deiner Box, Junge?", fragte der Mann, der Hannes' Handgepäck gerade durchleuchtete.

„Das ist meine Box", sagte Anna schnell.

„Dann ist also sein Koffer der rosafarbene?", fragte der Mann.

„O.K., das ist ihre Barbiepuppe. Sie passte nicht mehr in ihr Handgepäck, und weil bei mir noch Platz war, haben wir sie in meine Box getan", überlegte Hannes sich schnell eine Ausrede.

Anna ergänzte: „Ich hatte Angst, Sie würden mir meine Lieblingspuppe wegnehmen, weil ich doch eigentlich schon zu alt für Puppen bin."

Doch der Mann am Gepäckband glaubte ihr nicht und fragte: „Darf ich da mal reinschauen?" Und ohne auf eine Antwort zu warten, hatte er die Box geöffnet und sah auf die schlafende Nadelle.

Er zögerte einen Augenblick, der ihnen wie eine Ewigkeit vorkam, und sagte endlich: „Ihr habt aber ein ungewöhnliches Unterwasserpuppenhaus, aber in Ordnung. Ihr könnt weitergehen." Er winkte die Kinder weiter. Anna und Hannes hörten noch, wie er zu seinem Kollegen sagte: „Die bauen die Barbiepuppen heutzutage vielleicht lebensecht!"

Inzwischen waren Anna und Hannes in der Wartehalle angekommen. Ihr Flugzeug sollte erst in einer Stunde fliegen. Solange wollten sie noch UNO spielen.

Von weitem kam eine junge Frau mit hochhackigen, gestreiften Schuhen und einem lilafarbenen Hut auf sie zu. Hannes erkannte sie sofort. Er stand auf und begrüßte sie: „Guten Morgen, Frau Sauerbier.‟

„Ich hatte dir doch schon bei unserem ersten gemeinsamen Flug gesagt, dass du ruhig Silke zu mir sagen kannst‟, erklärte sie lächelnd.

„Und du bist bestimmt Anna. Hannes hat mir schon viel von dir erzählt. Wenn er einmal angefangen hat, kann er gar nicht mehr aufhören‟, erzählte sie. Hannes wurde rot im Gesicht.

Silke Sauerbier ist 28 Jahre alt und ist eine der Flugbegleiterinnen der Fluggesellschaft. Hannes kennt sie schon seit seinem ersten Flug. Da war sie nämlich auch schon dabei.

„Schön, dich kennen zu lernen, Silke", sagte Anna.

„Freut mich auch, dich kennen zu lernen, Anna. Seht mal! Da hinten vor dem Durchgang zu unserem Flugzeug können wir uns hinsetzen. Dort sind noch drei Plätze frei." Sie nahmen dort Platz.

„Geht ihr eigentlich auch zur Seine?", fragte Silke plötzlich und schaute sie aus den Augenwinkeln an.

„Ja, wieso?", fragte Hannes, dem etwas mulmig zumute wurde.

„Ach, weißt du, ich dachte, da gehen ja viele Touristen hin", erklärte Silke.

Jetzt lachte sie ein wenig.

Heute kam Silke Hannes etwas seltsam vor.

Doch bevor er weiter darüber nachdenken konnte, ertönte es aus einem Lautsprecher:

„Erster Aufruf für den Flug 9815 nach Paris!"

„Na, dann wollen wir mal", sagte Silke, und sie stellten sich in die Schlange der Bordkartenkontrolle.

13. Kapitel

Im Flugzeug

Nachdem sie ihre Bordkarten vorgezeigt und die Gangway entlang gegangen waren, saßen sie im Flugzeug, Anna am Fenster, Hannes in der Mitte und Silke am Gang. Anna hatte sich eine Zeitschrift genommen und blätterte jetzt darin herum. Auf einmal hörte Hannes Annas' Magen knurren: „Was war das?"

„Das war mein Bauch, weil ich heute noch nicht so viel gegessen habe", erwiderte sie.

„Keine Sorge, wir bekommen gleich noch etwas zu Essen", sagte Hannes beruhigend, um Anna etwas aufzumuntern. Jetzt wendete der Pilot das Flugzeug und sie fuhren die

Startbahn entlang, beschleunigten und hoben ab.

Währenddessen wurden sie in die Sitze gedrückt.

Als das Zeichen erleuchtete, dass man sich abschnallen und frei bewegen durfte, kam eine Stewardess und brachte zweimal das Bambi-Frühstück. Zu diesem Menü gehörten eine Käsescheibe, eine Scheibe Salami, ein Schokoriegel, ein Körnerbrötchen, ein Joghurt und ein Glas Orangensaft.

Sie fingen an zu essen. Als Anna aufgegessen hatte, sagte Hannes: „Wenn du noch Hunger hast, kannst du mein Brötchen haben.‟

„Danke‟, freute sich Anna und nahm es sich. Hannes schaute zu Silke und sah, dass sie immer wieder auf die Box blickte. Deswegen hatte er diese schon ein wenig mehr zu Anna gerückt. Silkes Verhalten kam ihm immer merkwürdiger vor.

Nun schaute sich Silke den Kurzfilm an, der auf den kleinen Monitoren in den Rückseiten der Vordersitze lief.

Nach dem Film ertönte eine Stimme: „Wir werden in wenigen Minuten landen. Ich bitte Sie jetzt, Ihre Plätze einzunehmen und sich anzuschnallen. Wir wünschen Ihnen einen schönen Aufenthalt in Paris.“

Sie flogen nun hoch oben über der Seine. Im Hintergrund sah man schon den Flughafen. Als sie durch die Wolken nach unten schossen, rumpelte es ein wenig, aber sie landeten sicher. Das Zeichen, dass man aufstehen durfte, leuchtete wieder auf. Schon drängten sich die Leute aus dem Flugzeug.

Hannes, Anna und Silke gingen fast als letzte die Treppe hinunter und fuhren anschließend mit einem Bus zum Flughafenterminal. Kaum waren sie am Gepäckband angekommen, kam ihnen eine Dame, etwa Mitte 60, mit schwarzem Pagenschnitt und rotem Mantel entgegen.

„Oma!", rief Hannes. „Ich hätte dich fast nicht wiedererkannt. Hast du dir die Haare umgefärbt?"

„Das Lila war einfach nichts mehr für mich", meinte Hannes' Oma Clara. „Da kommt euer Gepäck."

Erst jetzt bemerkte sie Anna. „Du bist also Anna", sagte Clara, während sie Anna neugierig musterte.

„Guten Tag, Frau Brandner", erwiderte Anna höflich.

„Silke, Sie können dann jetzt gehen", erklärte Clara freundlich, „Vielen Dank für Ihre Mühe."

„Keine Ursache, Frau Brandner. Tschüss, ihr beiden. Viel Spaß in Paris!", verabschiedete sich Silke von Hannes und Anna. Die Kinder winkten ihr noch nach.

„Dann lasst uns mal zum Hotel fahren", schlug Clara vor.

14. Kapitel

Im Hotel

Hannes' Oma Clara reist, wie schon gesagt, viel um die Welt, deswegen wohnt sie auch nur in Hotels und fährt kleine Leihwagen. Ihre Hotelsuite in Frankreich hatte diesmal zwei Etagen, oben befanden sich die Schlafräume der Kinder.

„Guten Tag!", grüßte Clara die Frau an der Rezeption.

„Guten Tag, Frau Brandner. Ein Page wird sich sofort um das Gepäck kümmern", erwiderte die Dame am Empfang. Ein Page erschien und nahm Anna und Hannes die Koffer ab. Als er nach Hannes' Box greifen wollte, sagte Hannes: „Die kann ich schon selbst tragen. Trotzdem danke."

Mit dem Aufzug fuhren sie ins achte Obergeschoss.

„Das ist aber ganz schön hoch", staunte Anna. Als sie in den Eingangsbereich der Suite kamen, stellte der Page das Gepäck ab und verließ dann wieder die Räumlichkeiten.

„Hier ist das gemeinsame Wohnzimmer", erklärte Clara ihnen. Dieses lag direkt vor dem Eingangsbereich, ausgestattet mit Ledersofas, einem Glastisch und einem Kamin. Nebenan befand sich Claras Zimmer, das ähnlich wie die beiden Zimmer in der oberen Etage der Suite aussah, die von der Treppe aus im Wohnzimmer zu erreichen waren. In jedem Schlafraum standen ein Doppelbett, ein Nachttisch mit Lampe, ein großer Schrank und eine Kommode mit Fernseher. Jedes Zimmer hatte sein eigenes Bad.

„So, nun geht ihr am besten erst einmal in eure Zimmer und packt eure Koffer aus. Ihr habt dann noch etwas Zeit zum Spielen. Wir treffen uns dann um dreizehn Uhr zum Mittagessen", lächelte Oma Clara.

Hannes und Anna liefen in Hannes' Zimmer und spielten ein wenig Nintendo, lasen in einem Buch und schauten sich eine Spielshow im Fernsehen an. Aber dann wurde ihnen doch langweilig. Also gingen sie aus dem Zimmer, um ihr Gepäck aus dem Eingangsbereich zu holen.

15. Kapitel

Überraschungen

„Frau Sauerbier! Was machen Sie denn hier? Ich meine Silke", rief Anna, denn Silke saß neben Clara auf dem Sofa.

„Also ich … ähm, also …", stammelte diese.

„Das sollte eigentlich ein Geheimnis bleiben. Silke ist meine Schülerin. Aber ihr solltet doch eigentlich in euren Zimmern bleiben!", erklärte Clara.

„Ja schon, es ist nur so, dass wir schon alles Mögliche gespielt haben, und dann ist uns eingefallen, dass das Gepäck noch hier unten steht. Wir wollten es holen. Dann haben wir Silke hier entdeckt", sagte Hannes verteidigend.

Jetzt fiel ihm ein, was Clara gerade gesagt hatte: „Wieso ist Silke eigentlich deine Schülerin?"

„Na ja", erklärte Oma Clara, „ich lehre sie die Zauberei, auch Magie genannt, verstehst du, mein Junge? Das war bisher immer ein großes Geheimnis."

Hannes machte große Augen und fragte: „Ist das etwa dein Ernst, Oma?"

„Natürlich ist das mein Ernst. Was denkst du denn?", erwiderte Oma Clara ein wenig beleidigt.

„Dann wird mir so Einiges klar", grinste Hannes.

„Das ist ja cool!", rief Anna ganz aufgeregt. „Ich dachte, so etwas gibt es nur im Märchen!"

„Tja, davon wissen nur Wenige", sagte Oma Clara. Dann erklärte sie weiter: „Ich erzähle euch jetzt, wie Nadelle in die Schneekugel kam, also holt sie am besten schnell, damit sie auch davon erfährt."

„Nadelle? Wieso weißt du von Nadelle?", fragte Hannes misstrauisch.

„Ich war es doch, die sie dir geschickt hat, Hannes."

Die Kinder liefen schnell die Treppe hinauf, holten Nadelle aus der Box, legten sie in ein Glas Wasser und nahmen sie mit hinunter ins Wohnzimmer.

Inzwischen war Nadelle aufgewacht. Clara fuhr fort: „Hört mir jetzt gut zu. Was ich euch erzählen will, ist sehr wichtig. Nadelle, ich weiß, du kannst dich nicht erinnern. Du hast nämlich einen Stromschlag von dem Zitteraal Alfonso, dem Erzfeind deines Vaters, König Richard, Herrscher über die Seine, abbekommen. Alfonso ist der gefürchtetste Verbrecher in den gesamten französischen Gewässern. Seit ewigen Zeiten versucht er die Herrschaft des Königreichs an sich zu reißen. Zuletzt wollte er seinen Plan durch deine Entführung umsetzen, Nadelle. Es kam zu einem Kampf, bei dem du von mir gerettet wurdest. Alfonso konnte jedoch fliehen. König Richard bat mich, dich in Sicherheit zu bringen. Also fiel mir mein Enkel Hannes ein. Ich wusste, du würdest gut auf sie aufpassen. Deshalb schickte ich sie dir erst einmal in einer Schneekugel, damit niemand vom Zoll Verdacht schöpfen würde und du, Hannes, keinen Schrecken bekommen solltest. Dass du Nadelle mit nach Frankreich nehmen würdest, war nicht schwer zu erraten. Nun besteht seit einigen Wochen auch keine Gefahr mehr, denn es ist dem KUWG, also dem Königlichen Unterwassergeheimdienst, gelungen Alfonso festzunehmen. Er befindet sich sicher im königlichen Verließ. Ich stehe übrigens noch in sehr gutem Kontakt mit deinem Vater. Er bringt mich immer auf den neuesten Stand der Unterwasserwelt", sagte Oma Clara.

Hannes und Anna saßen sprachlos auf dem Sofa.

Nadelle sprach: „Isch erinnere misch. Es geschah an meinem 123. Geburtstag. Alfonso `atte sisch in einem großen Geschenkkarton versteckt. Aber wenn er jetzt gefangen ist, dann kann isch doch nach `ause, zu meiner Familie, oder nischt?"

„Ja, dein Vater würde sich nichts sehnlicher wünschen", lächelte Clara.

16. Kapitel

Wiedersehensfreude

Nachdem sie erst einmal zu Mittag gegessen hatten, gingen Hannes, Anna und Nadelle in sein Zimmer. Clara hatte gesagt, dass sie gleich zur Seine gehen wollten. Nadelle war schon ganz aufgeregt. Sie sagte: „Dann se`e isch Colette und Vater wieder."

„Wir müssten dann schon einmal ein letztes Treffen planen", schlug Hannes vor.

„Vielleischt in einer Woche?", fragte Nadelle.

„Das hört sich gut an", entschied Hannes.

„Ihr Lieben, wir fahren!", rief Clara von unten.

„Wir müssen noch mein Gepäck mitneh-
men. Da sind doch die Andenken deiner Fische drin", erinnerte Nadelle.

Hannes und Anna liefen mit Nadelle in der
Box und dem Gepäck hinunter. Sie fuhren
mit dem Aufzug ins Erdgeschoss und dann
gingen sie zum Auto. Sie waren nach einer
Viertelstunde an einer schönen und ver-
steckten Stelle am Seineufer angekommen.
Silke wartete schon am Wasser. Als sie zusammen am Ufer der Seine standen, ver-
zauberte Clara sie alle, indem sie ein paar
merkwürdige Worte sprach, die Hannes
nicht verstand. Er glaubte, die Worte seien
aus dem Lateinischen. Als sie fertig war,
sagte Clara: „So, jetzt können wir unter
Wasser atmen", und lachte.

„Das glauben Sie doch nicht im Ernst!",
rief Anna, aber Silke sprang einfach ins
Wasser und blieb eine ganze Weile unter der

Oberfläche, viel länger als es ein gewöhnlicher Mensch geschafft hätte. Dann flüsterte Anna: „Es funktioniert!", zuckte mit den Schultern und sprang ebenfalls in den Fluss. Als sie wieder an die Oberfläche kam, rief sie fasziniert: „Es klappt tatsächlich!"

Clara sprang hinterher. Hannes ließ zuerst Nadelle aus dem Wasserglas in die Seine gleiten, griff nach ihrem Gepäck und hüpfte nun selbst hinein. Er hielt aber trotzdem die Luft an. Als er schon ein wenig blau anlief, sagte Anna unter Wasser, denn es war auch möglich, unter Wasser zu sprechen: „Du brauchst die Luft nicht anzuhalten."

Also atmete er einmal mutig tief durch die Nase ein und schaute verwundert, als er merkte, dass er Sauerstoff bekam. Sie schwammen bis zur tiefsten Stelle auf den Grund nahe der Flussmitte und kamen zu einem Schloss aus Muscheln. Anna bemerkte erschrocken: „Das ist ja viel zu klein. Wie sollen wir denn da hinein passen?"

Doch Oma Clara wedelte mit ihrem Zauberstab herum und Hannes, Anna und Silke bemerkten, wie erst Clara und dann sie selbst schrumpften.

„Die Algen da vorne sind ja riesengroß. Und das Schloss erst!", staunte Hannes mit funkelnden Augen. Sie schwammen bis vor das Schloss. Und als die Wachen Clara erkannten, öffneten sie das Tor. Im Vorübergehen sagte Clara: „Merci beaucoup!"

Sie wurden von zwei weiteren Wachen in den Thronsaal geführt. Dieser war ein großer, hell erleuchteter Raum. An einer Wand befand sich ein kunstvoll verzierter Thron. Eine geschwungene Treppe führte nach oben zu einer Galerie. Von dort aus konnte man zu weiteren Zimmern gelangen.

In der Mitte des Saales hing an der Decke ein riesiger Kronleuchter.

Kaum waren sie im Thronsaal angekommen, rief König Richard: „Nadelle! Meine liebe Nadelle! Isch bin ja so froh, dass du `ier bist!"

Eine Wache brachte Nadelles Gepäck hinein und stellte es ab.

„Vater, du kannst dir gar nischt vorstellen, was gesche`en ist", freute sich Nadelle.

„König Richard", sagte Clara, während sie sich verbeugte. Silke, Anna und Hannes taten es ihr gleich.

„Der Junge, der auf meine Nadelle aufgepasst `at, soll natürlisch belohnt werden", versprach König Richard.

„Um genau zu sein, war es mein Enkel", meinte Oma Clara.

„Bringt ihn zu mir!", befahl König Richard. Hannes trat vor und sagte: „Eure Majestät."

„Isch bin dir zu größtem Dank verpflischtet", sprach der König.

Im selben Moment stürmte ein Dutzend Wachen in den Saal. Ihr Hauptmann sagte aufgeregt etwas auf Französisch zu dem König, was Hannes nicht verstehen konnte.

Also fragte er: „Was hat er gesagt?"

17. Kapitel

Der Feind

„Er hat gesagt, dass Alfonso ausgebrochen ist und sich nun im Schloss versteckt", übersetzte Clara nervös. Hannes und Nadelle wurden von vier Wachen in ein Zimmer geführt. Die Wachen blieben vor der Tür stehen. In dem Zimmer saß bereits eine kleine Nixe. Sie sah aus wie Nadelle, nur ihre Schwanzflosse war rosafarben und sie hatte goldblonde Haare. Sie betrachtete die beiden mit ihren großen braunen Augen. Nadelle umarmte sie sofort, als sie sie sah. Doch dann fing sie vor Freude an zu weinen. Hannes und die kleine Nixe trösteten sie. Nadelle sagte schluchzend: „`annes ... das ist

meine kleine Schwester ... Colette. Colette,
... das ist `annes."

„Schön, dich kennen zu lernen", sagte
Hannes und streckte ihr die Hand entgegen,
doch Colette gab ihm nicht die Hand, sondern versteckte sich hinter Nadelle, denn sie
war ein wenig schüchtern. Hannes fragte:
„Habe ich etwas falsch gemacht?"

„Nein, sie sieht zum ersten Mal einen anderen Menschen außer Clara", erklärte Nadelle. Sie sprach ein paar aufmunternde
französische Worte zu Colette. Dann
schwamm diese auf Hannes zu und sagte:
„Schön, auch disch kennen zu lernen,
`annes."

Als sie „`annes" sagte, musste sie etwas
schmunzeln.

„Wo sind eigentlich Silke, Anna und Oma
Clara?", fragte Hannes.

„Sie wurden wahrscheinlich in ein anderes Zimmer gebracht, wegen der Sischer'eits-vorkehrungen", antwortete Nadelle. Jetzt öffnete sich die Tür. Der König kam herein und sagte: „Meine Tochter, es fällt mir schwer es zu sagen, aber die Gefahr ist zu groß. Du musst mit `annes zurückge`en." Jetzt wandte er sich an Hannes: „Isch bitte disch, ´annes, nimm´ meine Tochter Nadelle mit zu dir nach ´ause und meine kleine Colette dazu. ´ier sind sie nischt sischer."

„Gut", sagte Hannes ernst.

„Aber Papa …", wollte Nadelle widersprechen.

„`ier ist es zu gefährlisch!", wandte der König ein. Nun nahm er ein Buch aus einem Bücherregal an der Wand heraus und eine Geheimtür öffnete sich. Während sie hindurchgingen, sagte Hannes: „Ich bin mir sicher, dass wir bald wieder zu eurem Vater fliegen werden."

„Fliegen?", fragte Colette ängstlich.

„Fliegen ist gar nischt so schlimm, wie es sisch an´ört", erwiderte Nadelle.

„Wo sind wir hier eigentlich?", wollte Hannes wissen.

„Dieser Gang führt zu dem Konferenzsaal, in dem sisch auch eure Freunde befinden", erklärte der König.

18. Kapitel

Andere Ansichten

„Da sind sie also."

Auf diesen Augenblick hatte ich lange gewartet. Die Wachen hatten mich fast durch das halbe Schloss verfolgt, nachdem ich durch einen grandiosen Plan aus meiner Gefängniszelle ausgebrochen war.

Einer der Wachen wollte mir gerade meine tägliche Essensration durch die Gitterstäbe schieben. Als dieser versehentlich dabei die Eisenstäbe berührte, nutzte ich meine Chance. Ich fasste ebenfalls blitzschnell das Gitter an und setzte es unter Strom, sodass die Wache einen elektrischen Schlag abbekam und bewusstlos zu Boden sank. Ich dankte Mutter Natur für diese Eigenschaft, die uns Zitteraale so besonders macht.

Der Schlüssel zu meiner Zelle befand sich am Gürtel der bewusstlosen Wache, die direkt vor den Gitterstäben lag. Ich musste also nur mit meiner Flosse durch die Gitterstäbe fassen und mir den Schlüssel greifen. Das war schon fast zu einfach!

Ich schloss also die Tür zu meiner Zelle auf und schwamm geräuschlos hindurch. Heute schien mein Glückstag zu sein, denn, ich hatte die Gespräche zwischen den Wachen belauscht und erfuhr so, dass heute Prinzessin Nadelle nach einer langen Reise wieder zum Schloss zurückkehren sollte. Jetzt musste ich mich nur verstecken und warten, bis sich die Gelegenheit ergab, meinen damals gescheiterten Plan zu vollenden. Kaum hatte ich den Gefängnisbereich hinter mir gelassen, da wurde ich von einer Wache entdeckt, die rief: „Alarm! Der Gefangene Alfonso ist ausgebrochen! Ich brauche sofort Verstärkung!"

Augenblicklich tauchten weitere Wachen auf, die mich direkt verfolgten. Ich musste mir etwas einfallen lassen! Ich würde ein gutes Versteck brauchen, denn die Wächter waren überall. Gerade, als ich in Richtung Thronsaal gejagt wurde, entdeckte ich das perfekte Versteck. Ich würde nur noch die Wachen abhängen müssen.

Auch hier meinte es das Schicksal wieder gut mit mir. Der königliche Sekretär, der Tintenfisch Titus, lief mir gerade über den Weg. Er balancierte einen ganzen Stapel Schriftrollen auf seinen Tentakeln. Als wir zusammenstießen, rief eine der Wachen: „'alte ihn fest! Das ist ein geflo'ener Gefangener!"

Vor lauter Schreck stieß Titus eine Tintenwolke aus.

„Tut mir Leid!", jammerte Titus und rückte seine Brille, die ihm von der Nase gerutscht war, wieder zurecht.

Das Wasser färbte sich im Nu dunkelblau. Man konnte nichts und niemanden mehr erkennen. Das war das perfekte Ablenkungsmanöver! Ich sah mich schnell nach einer Möglichkeit um, dorthin zu gelangen. Da jagte ich auch schon die große Steintreppe hoch, sprang mit einem großen Satz vom Geländer auf den großen Kronleuchter und tarnte mich mit Girlanden. Hier würde mich so schnell niemand finden.

Unter mir sah ich, wie sich die Wachen nach mir umschauten, doch es kam keiner auf die Idee, dass ich direkt über ihnen hängen könnte. Sie gingen wohl davon aus, dass ich in einen anderen Raum geflohen sein musste, also teilten sie sich auf und verschwanden in verschiedene Richtungen. Kurze Zeit später erschien König Richard im Thronsaal und setzte sich auf den Thron, der schon bald mir gehören würde. Um diese Zeit klärte er bekanntlich in diesem Raum immer die geschäftlichen Dinge mit Titus. Auch dies würde schon bald meine Aufgabe sein. Titus kam jedoch nicht, denn er hatte anscheinend immer noch mit seinem Angstausbruch zu kämpfen. Anstelle von ihm betraten nun diese beiden Hexen und zwei Kinder mit Nadelle den Raum. König Richard war bei ihrem Anblick ganz außer sich vor Freude. Dann kam dieser Junge ins Gespräch. Soweit ich das dies mitbekam, musste er wohl auf sie aufgepasst haben.

Auf einmal platzte eine Wache in den Saal und informierte den König über meinen Ausbruch. Sofort wurden Nadelle und dieser Junge aus dem Saal geführt. Ich verfolgte ihren Weg mit den Augen und merkte mir das Zimmer, in das sie hineingebracht wurden.

19. Kapitel

Die Idee

Als Hannes zusammen mit den anderen den Konferenzsaal betrat, wurde er sofort von Anna umarmt, da sie sich bereits große Sorgen um ihn gemacht hatte.

„Wir müssen uns überlegen, wie wir Nadelle und Colette aus dem Schloss und in Sischer'eit bringen können", drängte König Richard.

„Wir könnten uns doch einfach im Schloss verstecken und abwarten, bis die Wachen Alfonso gefangen 'aben", schlug Nadelle vor.

„Oder wir verkleiden uns als Wachen und schleischen uns aus dem Schloss", rief Colette dazwischen.

„Meine Töschter, das Risiko von Alfonso entdeckt zu werden, ist einfach zu groß", entgegnete der König.

Clara schaute sich konzentriert um, Silke kaute nervös auf ihrer Unterlippe.

Plötzlich rief Hannes: „Ich hab's! Du hast mir doch erzählt, was dir die Fische im Aquarium alles geschenkt haben".

Nadelle nickte fragend.

Hannes zählte noch einmal für die anderen die Geschenke auf und erklärte dazu seinen Plan.

Anna war begeistert und auch der Rest nickte zustimmend.

„Das könnte funktionieren, Hannes", staunte Oma Clara.

Auch der König war damit einverstanden.

Mutig sagte Silke: „Ich würde mich freiwillig dazu bereit erklären, die Sachen aus dem Thronsaal zu holen".

Gerade wollte sie zur Tür des Konferenzsaals gehen, als plötzlich Alfonso an der gegenüberliegenden Seite des Raumes in der Öffnung des Geheimgangs stand.

„An eurer Stelle hätte ich die Tür zum Geheimgang wieder verschlossen, Majestät", grinste Alfonso böse.

Panik brach aus.

„Lauft weg, schnell!", schrie Silke.

Alfonso wollte sich gerade auf Nadelle stürzen, da sprang Silke vor sie und bekam von Alfonso einen Stromschlag ab, sodass sie ohne Bewusstsein liegen blieb.

Colette, Nadelle, Anna und Hannes flohen aus dem Zimmer.

Alfonso wollte ihnen folgen, doch da stürmten schon die Wachen in den Saal, sodass Alfonso nur noch der Rückzug durch die Geheimtür blieb. Diese verschloss er von innen mit einem Riegel.

Die Wachen führten den König aus dem Konferenzraum. Sie holten auch eine Trage für Silke, um die sich Clara sofort kümmerte, und brachten sie auf die Krankenstation.

20. Kapitel

Verbündete

Alfonso schwamm durch den Geheimgang und verschloss alle weiteren Türen, die zu dem Geheimgang führten. Auch jene zur Bibliothek, durch die er hinein gekommen war. Er wusste, dass eine der Türen des Ganges nach außen, hinter das Schloss führen musste. Dort angekommen, stieß er diese auf. Plötzlich stürmte eine Gruppe Maskierter auf ihn zu und drängte ihn zurück in den Gang.

Einer von ihnen schrie: „Schnappt'n euch, Jungs! Den nehm' wa als Geisel."

„Enzo, bist du das?", staunte der überrumpelte Alfonso.

„Chef? Wir dacht'n, du wär's im Knast un' wollt'n dich befrein' ", erklärte Enzo, der Hering.

Alfonso schaute stolz auf die maskierte Bande, die aus Roberto, dem Hecht, Sandro, dem Wels, Benito, dem Zander und Enzo, dem Hering bestand. Alle waren sie Mitglieder seiner Schurkenbande.

„Befreien konnte ich mich durch einen glücklichen Zufall selbst. Heute ist der Tag, der glücklichen Zufälle, wie mir scheint. Ihr kommt mir wie gerufen, Jungs. Rein mit euch! Jetzt schnappen wir uns ein Prinzesschen.''

„Mach'n wa, Chef'', rief Enzo begeistert.

Die anderen knurrten nur zustimmend.

Alfonso hatte eigentlich durch die Tür aus dem Geheimgang fliehen wollen. Dass seine Verbündeten sich zufällig davor aufhielten, war eine große Überraschung für ihn. Es ging doch nichts über treue Anhänger.

Gemeinsam machten sie sich auf den Weg durch die geheimen Gänge des Schlosses.

21. Kapitel

Der Plan

Hannes forderte Anna, Colette und Nadelle auf, schneller zu rennen. Sie waren schon eine ganze Weile auf der Flucht. Dennoch trauten sie sich nicht, sich umzuschauen, ob sie noch verfolgt wurden. Während sie geflohen waren, hatten sie sich in den verschiedensten Zimmern versteckt und nach Hilfsgegenständen für ihren Plan gesucht. Was sie noch fanden waren: Kleidungsstücke aus Nadelles Schrank und zwei lange Schnüre. Als sie durch den Thronsaal liefen, griff Hannes nach der Box mit dem Gepäck. Dann stürmten sie in das nächstgelegene Zimmer und verbarrikadierten es von Innen.

„Okay, dann verteilen wir jetzt die Aufgaben", meinte Hannes.

„Isch will das mit dem Staubwedel und den Vitamintabletten machen", meldete sich Colette.

„Wenn du nichts dagegen hast, würde ich mich gern um den Fallschirm kümmern", sagte Anna.

„Ich befestige die Schnur mit der Gräte und locke sie her". Diese Aufgabe wollte Hannes übernehmen.

„Dann werde isch mit dem Verband und der Salbe zu Alfonsos Krankenschwester", freute sich Nadelle.

Ist das Wasser rein?", fragte Colette, nachdem Anna die Tür einen Spalt breit geöffnet hatte und alle Aufgaben verteilt waren.

„Also ich sehe ihn nicht", antwortete Anna.

„Dann wollen wir mal".

Kaum hatte Hannes das gesagt, griff sich auch schon jeder seine Gegenstände und lief aus dem Zimmer in den Thronsaal zurück. Dort sollte gleich das Schauspiel stattfinden.

Hannes hatte der Gräte Nadelles Kleider übergeworfen und die Schnur dort, wo Nadelles Nacken gewesen wäre, verknotet. Die Nadelleattrappe, die er gebaut hatte, war fertig. Anschließend spannte er die Schnur über die Deckenleuchten entlang der Galerie und warf das Schnurende Nadelle zu.

Diese Aktion war nicht ganz ungefährlich gewesen, denn Alfonso hätte jederzeit um die Ecke kommen können.

Anna hatte den Fallschirm bereits geöffnet und jetzt hing er verkehrt herum vom Kronleuchter, genau vor der Treppe. An die Seilenden des Fallschirms hatte Anna die zweite lange Schnur geknotet, die jetzt auf der anderen Seite des Kronleuchters ebenfalls nach unten hing.

Nadelle stand am Fuß der Treppe hinter dem von Anna geöffneten Fallschirm und wartete auf ihr Kommando. Die Salbe von Hans-Peter hatte sie bereits großzügig auf den Treppenstufen verteilt.

Anna rutschte das Geländer der Treppe hinunter, damit sie nicht auf die Salbe trat und stellte sich neben Nadelle, die das Ende der Schnur in den Händen hielt, welche Hannes an der Attrappe befestigt hatte.

Das Ende der Fallschirmschnur wickelte Anna sich fest um ihr Handgelenk.

Colette stand nun am oberen Ende der Treppe mit dem Staubwedel in einer Hand, in der anderen hielt sie das Röhrchen mit den Vitamintabletten. Außerdem hatte sie eine Tür geöffnet, hinter der sie sich später mit Hannes verstecken würde.

„Fertig?", rief sie die Treppe hinunter.

Anna und Nadelle antworteten: „Sicher doch. Du kannst jetzt das Licht ausschalten."

Jetzt fiel nur noch das Tageslicht von oben durch die Schlossfenster.

Das war der Augenblick, in dem sie alle nur noch auf ihr Kommando warteten.

Dieses würde Hannes ihnen geben, sobald er wiederkam und Nadelle damit beginnen konnte an der Schnur der Attrappe zu ziehen.

22. Kapitel

Fallen

Alfonso und seine Kumpane schlichen durch die Geheimgänge und horchten an jeder Tür, an der sie vorbeikamen, ob sie etwas oder jemanden hörten.

Plötzlich sagte Enzo: „Da! Seid ma' ruich! Ich hab' da grad' was gehört."

„Ich auch!", rief Sandro, der Wels.

Tatsächlich. Jetzt hörte es die ganze Bande.

Ein zartes Stimmchen rief: „'ilfe! `ilfe! Wieso 'ilft mir denn keiner! Isch bin ja so allein, wo seid ihr denn alle?"

„Das isse!", rief Enzo.

„Das kommt doch aus dem Konferenz-raum", bemerkte Alfonso.

Jetzt schlich die Bande nicht mehr, sondern rumpelte durch die Gänge.

Hannes hörte lautes Gepolter. Er versteckte sich im Eingang zum Konferenzraum und sobald sich die Tür zum Geheimgang öffnete, würde das sein Kommando zum Rückzug sein. Mit einem Knall flog die Tür auf. Hannes sah mit Entsetzen, dass nicht nur Alfonso aus dem Gang stürzte, sondern auch noch vier andere maskierte Fische. Wo kamen die denn nur her? Jetzt überkam ihn die Angst. Doch es war zu spät den Plan abzubrechen.

Während er also floh, gab er Nadelle ein Zeichen, warnte aber auch die Anderen mit den Worten: „Oh nein! Alfonso kommt, um misch zu 'olen und er 'at sogar eine ganze Bande dabei!"

Er lief schnell hinter die von Colette ge-
öffnete Tür und hoffte, dass der Plan funkti-
onierte. Er beobachtete, wie Nadelle mit aller Kraft an dem Schnurende zog und die
Attrappe die Galerie entlang Richtung Treppe sauste.

Alfonso und seine Verbündeten schwammen währenddessen im Dunkeln der
Nadelleattrappe hinterher.

„Gleich hamm' wa se, Chef!", rief Enzo,
der Hering.

Die anderen knurrten wieder nur zustimmend.

Alfonso war so aufgeregt, weil er sich seinem Ziel so nahe glaubte, dass er versehentlich einen Stromschlag freisetzte. Dieser
traf zum Glück niemanden, sondern erhellte
nur für einen Augenblick den dunklen
Thronsaal. Doch dieser Augenblick reichte.
Alfonso bemerkte, dass die Figur, der sie

hinterher gejagt waren, in Wahrheit nur eine verkleidete Fischgräte war. Innerlich verfluchte er Nadelle und ihre ganze Mischpoke. Er bremste ab und wollte gerade seine Kumpane vor dieser offensichtlichen Falle warnen, da wurde das Wasser auf einmal ganz trüb. Man konnte seine eigene Flosse vor Augen kaum erkennen. Zudem fing das Wasser auf einmal, wie in einem Wasserkocher an zu sprudeln, nur dass das Wasser gar nicht heiß war, sondern, dass es nach Algen schmeckte.

Colette hatte nämlich die Packung mit Hans-Peters Vitaminpillen mit Algengeschmack geöffnet, sodass sie wie wild anfingen zu sprudeln. Dann schüttelte sie wie eine Verrückte den Staubwedel hin und her. Dadurch trübte sich das sprudelnde Wasser zusätzlich. Enzo und die anderen sahen nur noch die Silhouette der vermeintlichen Nadelle. Sie folgten ihr nichts ahnend die Treppe hinunter.

Alfonso jedoch hörte, wie seine Freunde auf der rutschigen Treppe ausglitten, was von wilden Flüchen begleitet wurde. Mit lautem Poltern landeten sie in dem geöffneten Fallschirm. Anna zögerte nicht und zog kräftig an dem herabhängenden Seil, das den Fallschirm schließen sollte. Doch ihre Kraft reichte für die ganze Bande nicht aus.

„Schnell! Ich brauche hier Verstärkung! Die sind zu schwer!"

Hannes hatte das Problem bereits bemerkt und war schon dabei das Treppengeländer hinunter zu rutschen. Endlich war er bei Anna angekommen und half ihr schließlich den Fallschirm zu schließen, was gar nicht so einfach war, denn Alfonsos Verbündete strampelten und zappelten wild in ihrer Falle herum.

Nadelle hatte sich in dieser Zeit schnell das Verbandsmaterial aus Hans-Peters Erste-Hilfe-Koffer geschnappt und begann, das obere Ende des Fallschirms, wie einen Mehlsack, zuzubinden. Und zwar so, wie sie es von Dr. Hans-Peter Doktorfisch gelernt hatte.

„Was zur Garnele ist jetzt los?"

„Benito, nimm' ma' deine Flosse aus mei'm Gesicht!"

„Hey! Lasst uns hier raus!"

Laut schimpfte und beschwerte sich die Verbrecherbande.

Alfonso beobachtete das Geschehen von der Galerie aus und beschloss, seinen Verbündeten zu helfen. Wutentbrannt stürmte er über das Treppengeländer nach unten.

Colette bemerkte dies als erste und warnte die Anderen, die sich unten am Treppenabsatz aufhielten und sich freuten, dass der Plan, trotz der Umstände, so gut funktioniert hatte. Ihr Jubeln erstarb, als sie Alfonso mit wutverzerrtem Gesicht auf sich zustürmen sahen.

Nadelle, die sich am nächsten an der Kiste mit den Gepäckstücken befand, fielen plötzlich die Muffins ein. Sie schnappte sich ein paar davon und warf sie mit aller Kraft gegen Alfonso. Dieser hielt kurz inne, wurde aber dann auch von Hannes und Anna beworfen. Noch bevor er sich einen anderen Plan, seine Verbündeten zu befreien, überlegen konnte, erschien eine große Anzahl von Wächtern im Thronsaal, die durch den Lärm aufmerksam gemacht und angelockt worden waren.

Alfonso war die Gefahr schließlich zu groß wieder geschnappt zu werden und zog sich schnell zurück.

Während er floh, rief er seinen Freunden zu: „Tut mir Leid, Leute, aber ihr müsst das auch ohne mich schaffen!"

Doch diese waren gar nicht damit einverstanden:

„Du kann's uns doch nich' im Stich lass'n!"

„Chef, komm' zurück!"

„Wir sind doch Verbündete!"

Die Wachen jagten Alfonso über die Galerie in Richtung Geheimtür hinterher.

Epilog

Hannes, Clara, Hannes' Mutter und sein Vater saßen im Zuschauerraum des Theaters, in dem gerade der „Schwanensee" aufgeführt wurde und schauten zu, wie Anna eine Pirouette nach der anderen drehte. Nadelle und Colette befanden sich zusammen in einem großen Wasserglas und versuchten Anna nachzuahmen. Dabei glitzerte der Fischanhänger, den Colette an ihrem Handgelenk trug.

Hannes hatte sie beide heimlich mit in die Vorstellung geschleust. Nur Anna und Clara wussten davon.

Anna hatte Oma Clara kurzfristig noch eine Karte besorgen können.

Die Uhr, die Nadelle ihrem Vater an jenem Tag noch überreicht hatte, hing nun an einem Ehrenplatz im Thronsaal.

Clara wollte jetzt erst einmal, sehr zur Freude von Hannes und Anna, eine Weile bei Hannes' Familie in Düsseldorf wohnen.

Auch Silke würde in ein paar Tagen wieder auf den Beinen sein.

Zur selben Zeit in Frankreich:

Hannes Brandner

Beringerstraße 14

Düsseldorf

---

stand auf dem Zettel in einer Flaschen-
post.

„Bald werde ich dich finden, Nadelle!
Bald!", rief Alfonso und ein Lächeln umspiel-
te die Lippen seines großen, breiten Mauls...

- ENDE -

Dank

Zuerst danke ich dem Theodor-Heuss-Gymnasium und dem verantwortlichen Lehrerkollegium dafür, dass ich an dem Drehtürmodell teilnehmen durfte. Vor allem gilt mein Dank auch meinen beiden Mentoren, Herrn Gunnar Schubert und Herrn Thorsten Krause, die mich bei meinem Projekt begleitet, unterstützt und die mich erst auf die Idee gebracht und ermutigt haben, dieses Buch zu veröffentlichen.

Mut machten mir auch meine Freundinnen und Mitschülerinnen Elisa, Ronja, Kaya, Alina, Janika, Lina, Theodora und Anna.

Genauso bedanke ich mich bei meinen Verwandten und Bekannten für ihre Ermutigungen.

Für die große, fachkundige Hilfe und die vielen gespendeten Stunden bei computer-technischen Problemen und Fragen bedanke ich mich bei Marco „Mamo" Gecks, ebenso bei Steffi Gecks für das Korrekturlesen.

Dem Verlag Tredition danke ich für die Möglichkeit einer unkomplizierten Veröffentlichung meines Buches „Ein Geschenk aus Frankreich".

Zu guter Letzt möchte ich mich bei meiner Mutter für die Vererbung ihrer kreativen Gene ☺ und ihrer Fantasie bedanken. Danke auch für deine hilfreichen Vorschläge.

Vielen Dank an alle, die sich für mein Buch interessiert haben und interessieren!

Die Geschichte von Hannes und seinen Freunden geht weiter:

Es folgt eine Leseprobe aus

„Hexen für Anfänger"

Leseprobe

"**H**erzlich Willkommen, meine jungen Hexenanwärterinnen und -anwärter". Eine kleine, pummelige Frau mit grauen Haaren stand auf einer Tribüne an einem Rednerpult.

Sie alle befanden sich in einer Halle, die der Marmorhalle in Claras Haus sehr ähnlich sah, aber eben nur viel größer war.

Hohe Marmorsäulen erhoben sich bis zu den gewaltigen Deckengewölben. Kunstvoll geknüpfte Wandteppiche zierten die Wände. Auf einem war ein Zeichen „GRDH" eingestickt. In regelmäßigen Abständen brannten Fackeln an den Wänden.

Der Hexenvorstand, zu dem auch Clara und die kleine, pummelige Grauhaarige gehörten, saß an einem langen Pult seitlich hinter der Rednerin auf der Tribüne.

„Was bedeutet denn dieses Zeichen dort auf dem Wandteppich?", flüsterte Hannes Anna zu, während er dort hin deutete. An Annas Stelle, die nur mit den Schultern zuckte, antworte Silke: „Das ist das Zeichen für den Geheimrat der Hexen. Ihr müsst jetzt still sein, sonst bekommt ihr die wichtigsten Teile der Rede nicht mit".

Nun stand die Oberhexe, eine große, spindeldürre alte Frau mit strengem Gesicht, von ihrem Platz auf und stellte sich in die Mitte der Tribüne.

„Arcesse, Kurt!", ertönte die dunkle Stimme der Oberhexe.

Ein riesengroßes Rotkehlchen tauchte plötzlich auf.

„Das ist Kurt, das Rotkehlchen. Es wird nun entscheiden, welche Bewerber zur Prüfung zugelassen werden sollen und welche nicht. Ein kurzes Zwitschern ertönte von Kurt.

Hannes schaute an sich hinunter. Er trug einen schwarzen Anzug, so wie jeder Junge in diesem Saal. Die Mädchen trugen lange schwarze Kleider und blutrote Blumen im Haar.

Die kleine, pummelige Rednerin forderte ein Kind nach dem anderen auf nach vorne auf die Tribüne zu kommen. Dann fuhr sie fort: „So, dann bitte ich jetzt…", sie schaute auf ihre Liste, „Anna Richter zu mir".

Anna war wie gelähmt. Sie ging nur in kleinen Schritten auf die Tribüne zu, stieg die drei Stufen hinauf und trat zu der Rednerin an das Podium.

Hannes hielt den Atem an. Auch er war ganz aufgeregt.

„Anna, du wirst dich jetzt auf Kurts' Rücken setzen, damit er entscheiden kann, ob du zur Aufnahme zugelassen wirst."

Anna ging langsam auf den Vogel zu.

Ein Assistent half ihr auf seinen Rücken zu steigen. Plötzlich erhob sich Kurt in die Luft, fast bis hinauf an die Gewölbedecke.

Das Rotkehlchen flog, mitsamt Anna auf seinem Rücken, einen Looping.

Anna konnte sich nicht gut genug an dem Federkleid festhalten und fiel kopfüber von dem Tier hinab in die Tiefe. Sie schrie und hatte Todesangst. Gleich würde sie mit dem Kopf auf den Steinboden aufschlagen. Das ganze kam ihr vor, als wenn es sich in Zeit-lupengeschwindigkeit abspielen würde. Sie dachte noch kurz daran, was ihre Eltern sa-

gen würden, wenn sie von dem Unglück ih-
res Todes erfahren würden. Wie hatte sie
sich nur auf solch ein Abenteuer einlassen
können?

Der Boden kam immer näher.

Als Hannes sah, dass Anna vom Rücken
des Vogels stürzte, blieb ihm das Herz fast
vor Schreck stehen. Er wusste nicht, was er
tun sollte, um ihr zu helfen. Das ließ ihn
verzweifeln und lähmte ihn gleichzeitig. Er
schaute seine Oma auf der Tribüne Hilfe su-
chend an und war verwundert, dass ihre
Miene nicht vor Schreck verzerrt war. Im
Gegenteil, seine Oma sah ziemlich ent-
spannt aus und machte keine Anstalten, Anna vor dem sicheren Tod zu bewahren.

Kurz bevor Anna auf dem Boden aufschlagen konnte, fing der Vogel sie im
Sturzflug auf.

Hannes und den anderen Anwärtern, die mit dem Schlimmsten gerechnet hatten, fiel ein Stein vom Herzen. Der ganze Saal atmete erleichtert auf.

„Unser Kurt hat sich also dafür entschieden, dass Anna zur Aufnahmeprüfung zugelassen wird. Ich bitte um Applaus für Anna", zwitscherte die kleine Rednerin auf dem Podium.

Ein Jubeln im Saal setzte daraufhin ein.

Es ging in nichtalphabetischer Reihenfolge weiter. Als Nächster wurde ein Junge namens Adam, der aus Israel kam, aufgerufen. Es spielte sich die gleiche Prozedur ab. Als Kurt an der Gewölbedecke einen Looping flog, fiel auch Adam von seinem Rücken. Er wurde allerdings nicht von Kurt aufgefangen. Die Oberhexe hatte jedoch, kurz bevor er auf dem Boden aufkam, eine Seifenblase um ihn herum gezaubert, so dass der Junge wohlbehalten auf dem Boden landete. Erst dann zerplatzte die Seifenblase. Adam war, wie Anna auch, kreidebleich, aber ansonsten ging es ihm gut. Er atmete hörbar erleichtert aus.

Plötzlich erschien unter ihm eine Art Falltür. Sie öffnete sich blitzartig und der Junge verschwand mit einem lauten Gekreische.

Die grauhaarige Rednerin versicherte: „Meine geehrten Anwesenden. Unser lieber Adam wurde leider von Kurt abgelehnt. Er befindet sich nun wohlbehalten draußen vor dem Gebäude und wird sich an nichts, was hier soeben passiert ist und alles, das mit dem Hexengeheimbund zu tun hat, erinnern können. Wir fahren nun fort.‟

So erging es vielen Anwärtern; einige wurden zugelassen, die meisten jedoch wurden abgelehnt. Hannes kam es wie eine Ewigkeit vor, bis er endlich an der Reihe war.

Er stieg auf Kurts' Rücken und erhob sich mit dem Vogel in die Luft. Genau wie alle anderen fiel er kopfüber von dessen Rücken, was ihn zwar erschreckte, aber er wusste ja, dass ihm nichts Schlimmeres passieren würde, als von Kurt nicht zur Aufnahmeprüfung zugelassen zu werden.

Ein unangenehmer Gedanke schlich sich in seinen Kopf. Was wäre, wenn er von Kurt abgelehnt werden würde? Anna war bereits zugelassen. Für sie gab es jetzt kein Zurück mehr. Schließlich hatte er sie überhaupt erst zu der Hexenausbildung überredet. Sicher wäre sie sehr unglücklich, wenn sie die ganze Ausbildung und auch die Aufnahmeprü-

fung alleine absolvieren müsste. Und er sel-
ber ... er könnte sich noch nicht einmal mehr
an all das hier erinnern. Er würde Anna aus
den Augen verlieren. Er würde sie für immer
verlieren...

Über tredition

Der tredition Verlag wurde 2006 in Hamburg gegründet. Seitdem hat tredition Hunderte von Büchern veröffentlicht. Autoren können in wenigen leichten Schritten print-Books, e-Books und audio-Books publizieren. Der Verlag hat das Ziel, die beste und fairste Veröffentlichungsmöglichkeit für Autoren zu bieten.

tredition wurde mit der Erkenntnis gegründet, dass nur etwa jedes 200. bei Verlagen eingereichte Manuskript veröffentlicht wird. Dabei hat jedes Buch seinen Markt, also seine Leser. tredition sorgt dafür, dass für jedes Buch die Leserschaft auch erreicht wird

Autoren können das einzigartige Literatur-Netzwerk von tredition nutzen. Hier bieten zahlreiche Literatur-Partner (das sind Lektoren, Übersetzer, Hörbuchsprecher und Illustratoren) ihre Dienstleistung an, um Manuskripte zu verbessern oder die Vielfalt zu erhöhen. Autoren vereinbaren unabhängig von tredition mit Literatur-Partnern die Konditionen ihrer Zusammenarbeit und können gemeinsam am Erfolg des Buches partizipieren.

Das gesamte Verlagsprogramm von tredition ist bei allen stationären Buchhandlungen und Online-Buchhändlern wie z. B. Amazon erhältlich. e-Books stehen bei den führenden Online-Portalen (z. B. iBookstore von Apple) zum Verkauf.

Seit 2009 bietet tredition sein Verlagskonzept auch als sogenanntes "White-Label" an. Das bedeutet, dass andere Personen oder Institutionen risikofrei und unkompliziert selbst zum Herausgeber von Büchern und Buchreihen unter eigener Marke werden können.

Mittlerweile zählen zahlreiche renommierte Unternehmen, Zeitschriften-, Zeitungs- und Buchverlage, Universitäten, Forschungseinrichtungen, Unternehmensberatungen zu den Kunden von tredition. Unter www.tredition-corporate.de bietet tredition vielfältige weitere Verlagsleistungen speziell für Geschäftskunden an.

tredition wurde mit mehreren Innovationspreisen ausgezeichnet, u. a. Webfuture Award und Innovationspreis der Buch-Digitale.

tredition ist Mitglied im Börsenverein des Deutschen Buchhandels.

Zeitfracht Medien GmbH
Ferdinand-Jühlke-Straße 7
99095 Erfurt, Deutschland
produktsicherheit@kolibri360.de